CUENTO
DE LUZ

A la persona que yo necesito para vivir: mi niña interior; ella recuerda cómo imaginar, y expresa, escribiendo, quién soy de verdad.

- Marta Arteaga

Dentro de mi imaginación

© 2012 Cuento de Luz SL
  Calle Claveles 10 | Urb Monteclaro | Pozuelo de Alarcón
  28223 Madrid | España | www.cuentodeluz.com
  ISBN: 978-84-15241-10-2
  Impreso en PRC por Shanghai Chenxi Printing Co., Ltd., mayo 2012, tirada número 1300-02

FSC
www.fsc.org
MIXTO
Papel procedente de
fuentes responsables
FSC® C007923

Dentro de mi imaginación

por Marta Arteaga

ilustrado por Zuzanna Celej

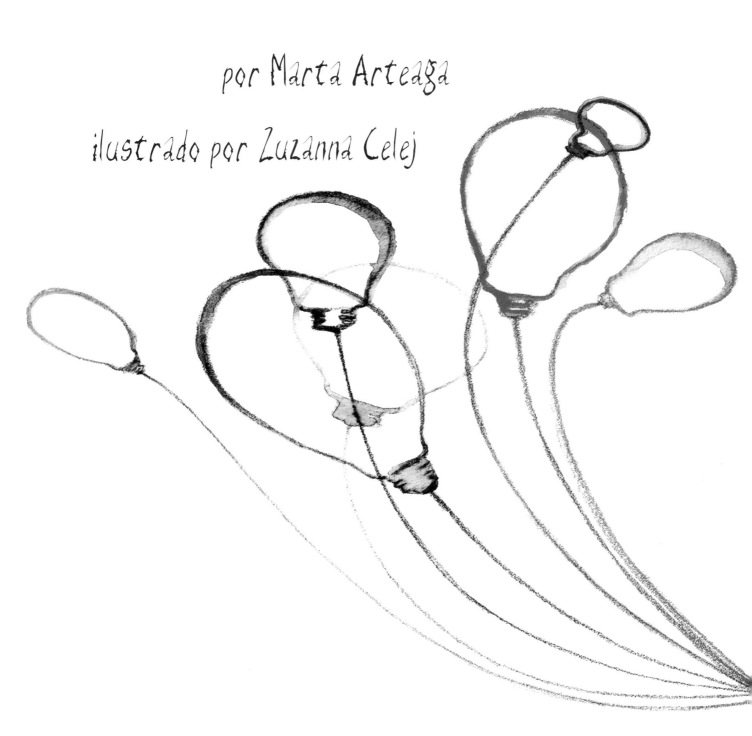

Un día escribí un cuento, como los que mi mamá me lee antes de dormir. Con muchas palabras bonitas.

Un día, leyendo mi cuento respiré una de esas palabras, y sucedió algo mágico.

¡Entré en mi imaginación!

¡Era un paraíso maravilloso!
Había unicornios y hadas, duendes y magas que
aparecían y desaparecían siempre que yo lo decidía.

Mi imaginación es como un mar de pensamientos
que se deslizan flotando en el agua.

Gotas que resbalan y contienen mis ideas, y se hacen
reales al mirarlas. Nadan y nadan, tratando de resolver
los misterios de mi interior; aparecen y desaparecen
buceando a lo lejos en silencio; y al fondo, en el horizonte,
están todas las respuestas, mis respuestas.

Mi imaginación es
como un país de
nubes con distintas
formas.

Mi imaginación es
como un pasto de
estrellas fugaces.

Mi imaginación es como una enorme caja de
música, donde guardo todo lo que veo.

Puedo guardar los sonidos de la tierra en una caja
de música que contenga los mares y los ríos,
los grillos, las ardillas corriendo entre las ramas,
el susurro del viento en las hojas de los árboles...

El día que respiré mi cuento,
pude ver mi imaginación y
cómo funciona por dentro.

El pensador de mi imaginación lanza su red al aire y pesca mis ideas.

Cuando alimento a mis ideas, más y más ideas tengo.

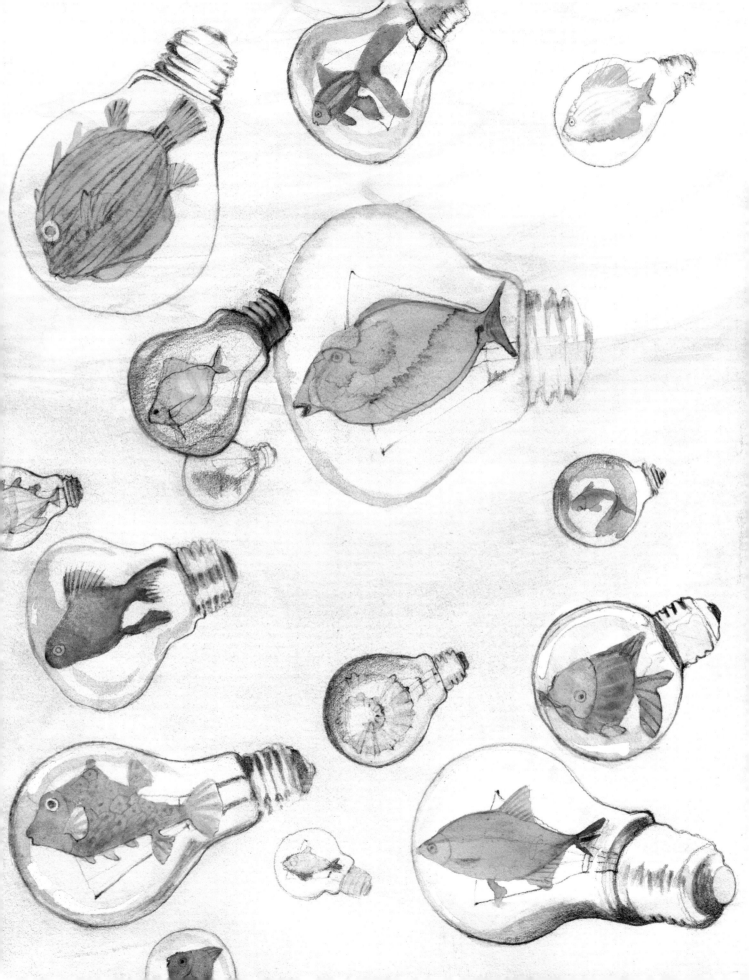

Las letras se ordenan perfectamente.

Las palabras se toman de la mano.

Y bajan por el puente de mi imaginación
que conecta mis mundos: interior y exterior.

Y nacen, igual que lo hice yo.